AF171229

Jürg Jenni

AUFGERÄUMT

Jürg Jenni

AUFGERÄUMT

Erzählung

Copyright © 2013 Jürg Jenni, Basel

1. Auflage

*Herstellung und Verlag:
BoD – Books on Demand, Norderstedt*

ISBN: 978-3-7322-4682-3

Freitag, 29. Juni

Walter Brander hielt schon die Klinke des Vorgartentors in der Hand. Da blieb er zögernd stehen und kehrte dann zur Haustür zurück. Erleichtert stellte er fest, dass er tatsächlich abgeschlossen hatte. Es irritierte ihn aber, dass er sich zum ersten Mal nicht sicher gewesen war.

Als er wieder am Tor stand, warf er noch einen prüfenden Blick über den Vorgarten und die Fassade seines Hauses. Die Lichter waren alle gelöscht und die Fensterläden im Erdgeschoss zum Schutz vor Einbrechern geschlossen. Er ging beruhigt hinaus und sperrte das Gartentor zu.

Dann legte er im warmen Licht des Sommerabends die dreihundertfünfzehn Schritte zur Tramhaltestelle zurück, fünf mehr als gewohnt, da er einem bereits halb zertretenen Hundehäufchen grossräumig ausgewichen war. Er beschleunigte kurzzeitig seinen Schritt, um den geringen Zeitverlust beim Ausweichmanöver auszugleichen und erreichte die Haltestelle wie gewohnt um 19.37 Uhr.

An der Station stellte er sich zuvorderst an der Traminsel auf. Er hatte die Stelle seit langem auf den Zentimeter genau im Gefühl. Sofern sich der Tramführer an die Haltemarkierung hielt, kam das Tram so zum Stehen, dass sich Brander nicht direkt vor, sondern etwas seitlich neben der vordersten

Tür befand. Dort behinderte er Aussteigende kaum, stand aber wiederum genügend nahe, um problemlos das Ersteinsteigerecht gegen andere verteidigen zu können.

Im Tram bevorzugte er den Einzelsitz zuvorderst hinter der Tür. Hier konnte er den Halteknopf drücken, ohne aufstehen zu müssen, war für den Fall der Fälle in unmittelbarer Nähe des Tramführers und lief auch nicht Gefahr, einen möglicherweise unerwünschten Sitznachbarn zu erhalten, einen Schwulen oder einen Farbigen zum Beispiel. Wobei er nicht wirklich etwas gegen Schwule und Farbige hatte. Seine starke Zurückhaltung diesen Menschen gegenüber begriff er als Ausdruck des Respekts. War der Sitz bereits besetzt, zog er es vor, stehen zu bleiben. An diesem Freitagabend war er frei.

Die vielen kleinen Fixpunkte in seinem Leben verliehen ihm in ihrer Summe das beruhigende Gefühl von Beständigkeit und Sicherheit. Umso mehr beunruhigten ihn Angelegenheiten mit ungewissem Ausgang. Die bevorstehende Auswahl eines Mieters lag ihm deshalb schwer auf dem Magen.

Er hatte nämlich erst kürzlich den ersten Stock seines Hauses zu einer Dreizimmerwohnung ausbauen lassen. Platz für einen Flur blieb da nicht, man trat direkt ins grosse Wohnzimmer. Aber für eine kleine Küche und ein enges Badezimmer mit WC hatte es gereicht, und die Installationen entsprachen dem neusten Stand der Technik. Die

Mieteinnahmen sollten ihm helfen, das Haus trotz seines eher bescheidenen Einkommens tadellos in Ordnung zu halten und eine sichere Altersvorsorge aufzubauen.

In den nächsten Tagen musste er sich nun mit vier Mietinteressenten auseinandersetzen und mindestens dreien eine Absage erteilen. Noch nie in seinem Leben war er vor einer Entscheidung von solcher Tragweite gestanden, ausser damals, als seine Freundin …

Vergessen geglaubte Bilder und scheinbar erloschene Gefühle nutzten den kleinen Bruch in Branders Kontinuum und gewannen unmerklich langsam und hartnäckig an Kraft.

* * *

In Gedanken versunken hätte er es beinahe verpasst, an seiner Zielstation auszusteigen. Sein Unterbewusstsein hatte im letzten Moment bemerkt, dass er angekommen war, und ihn aus seinem Schwebezustand zurück in Raum und Zeit geholt. Zischend öffnete sich die schon halb geschlossene Tür noch einmal, als er in Panik auf die hochklappende Türschwelle trat.

Auf dem Trottoir blieb er einen Moment stehen und blickte verwirrt dem wegfahrenden Tram nach. Dann fasste er sich wieder und schaute sich verstohlen um. Aber kein Mensch hatte das Ereignis auch nur eines Blickes gewürdigt, und sonderbarerweise missfiel ihm das, auch wenn er es sich nicht eingestand.

Er ging die paar Schritte bis zum Restaurant Bürgerstube und trat ein. »Ciao Walter«, grüsste ihn der Mann am runden Stammtisch in der Mitte des Raumes und fügte augenzwinkernd hinzu: »Du bist ja dreiundzwanzig Sekunden zu spät!« »Hallo Armin, tut mir leid«, gab er zurück und setzte sich neben ihn. Die Wirtin kam: »Guten Abend Walter. Ein kleines Bier, nicht zu kalt, wie immer?« Brander nickte. Hier kannte man ihn, hier musste er sich nicht erklären. Seit seinem siebten Lebensjahr war er Mitglied der Blasmusik Concordia. Und jeden zweiten Freitagabend traf er sich mit drei Kameraden aus der Musik in der Bürgerstube zum Kartenspiel.

Wenig später trafen auch Pedro und Hansruedi ein. Brander spielte mit Pedro zusammen. Er war unkonzentriert und machte laufend Fehler. Pedro schimpfte zuerst ein paar Mal und resignierte dann. Hansruedi und Armin hatten leichtes Spiel. Belustigt feierten sie einen ungefährdeten Sieg.

Brander war die Sache peinlich. Er rückte den Bierdeckel exakt in die Mitte eines Tischtuchkaros und stellte den Fuss des Glases passgenau auf das Brauereilogo im Zentrum des Deckels. Er entschuldigte sich bei Pedro und schmiss ganz gegen seine Gewohnheit eine Runde.

Wie immer pünktlich um zehn vor zehn zahlte Brander und verabschiedete sich von der Spielrunde: »Gute Nacht. Ihr wisst ja, wir Briefträger müssen früh auf, auch am Samstag. Und gut ausgeschlafene Briefträger kommen auch euch zugute.« »Weiss ich doch am besten«, grinste Hansruedi, der in Branders Postverteilgebiet wohnte, »auf dich ist immer Verlass.« »Ja, geh nur schlafen und erhol dich wieder, spätestens bis zum nächsten Mal«, sagte Pedro mit gespielter Strenge.

Um 21.52 Uhr fuhr das Tram, und um 22.17 Uhr war er zuhause, wo er bemerkte, dass er auf dem Weg von der Tramstation zu seinem Haus in den Hundekot getreten war, den er auf dem Hinweg noch sorgfältig umgangen hatte. Um 22.43 Uhr löschte Brander das Licht. Er schlief zwar sogleich ein, träumte aber wirr. Während des Aufwachens verlor er den Traum und stand zerschlagen und unzufrieden auf.

Samstag, 30. Juni

Nach der Samstagstour kam er zeitig am Nachmittag nachhause. Er betrat seine Wohnung, schloss hinter sich ab, stellte die Schuhe auf die Abtropfschale und hängte die Jacke auf den Bügel, mit dem Rücken nach rechts, wie seine anderen Jacken auch.

In der Küche war es ein wenig zu warm, und es roch eigenartig. Die hintere, kleine Herdplatte, auf der er immer seine Morgenmilch wärmte, glühte. Zum ersten Mal in seinem Leben hatte er eine Herdplatte nach Gebrauch eingeschaltet gelassen, zum Glück auf der niedrigsten Stufe. Er war erschrocken über seine neuerliche Fehlleistung. Aber das Rotorange der glühenden Platte gefiel ihm.

Er nahm mit sicherem Griff einen Apfel aus dem Kühlschrank, den er der Lebensmittelpyramide entsprechend eingeräumt hatte. Er fand immer auf Anhieb, was er brauchte. Er setzte sich an den Küchentisch, ass den Apfel und überflog dabei noch einmal die nummerierte Liste der Notizen, die er sich für die Wohnungspräsentation gemacht hatte. Dann duschte er und ging ins Schlafzimmer, in dem die ganze Einrichtung ausser den neuen Matratzen und einem digitalen Radiowecker noch von seinen Eltern stammte.

* * *

Branders strenggläubige Eltern waren schon älter, als er geboren wurde. Er blieb ihr einziges Kind. Sie waren früh bei einem Autounfall gestorben und hatten ihm das Haus hinterlassen. Er hatte nie woanders gewohnt. Jeder Quadratzentimeter war ihm vertraut, jeder Gegenstand hatte seinen festen Platz. Lange waren das Haus und der Garten fast seine ganze Welt gewesen. Seine Eltern hatten ihm, da sie schädliche Einflüsse fürchteten, kaum Umgang mit anderen Kindern gestattet. Sie pflegten privat fast ausschliesslich Kontakt zu gleich gesinnten Verwandten und Bekannten. Bei diesen Sonntagsbesuchen wurde viel gebetet, und es herrschte eine strenge Ordnung. Der kleine Walter verstand nicht, warum sich Leute, die zusammen nicht viel Spass hatten, immer wieder besuchten.

Branders Eltern liessen keine Eventualitäten zu. Walters Welt war stets bis ins Kleinste festgelegt und perfekt organisiert.

Kurz nachdem seine Eltern gestorben waren, kam eine junge Frau zur Concordia, die sich für einen Walter in ihm interessierte, den er selbst kaum kannte. Brander wusste nicht, wie ihm geschah. In ihrer Gegenwart passierte etwas mit ihm, das er nicht benennen konnte und über das er keine Kontrolle hatte. Das zog ihn an und ängstigte ihn gleichermassen. Er genoss die leisen Berührungen und die zarten Küsse, geriet aber in Panik ob den heftigen Reaktionen seines Körpers. Er war in höchstem Masse verwirrt und überliess ihr in allem die Führung.

Ihr genügten die Dinge aber nicht, wie sie waren. Sie hatte Träume, Wünsche und Pläne, in die sie ihn einbezog. Als sie ihn schliesslich vor die Wahl stellte, entweder sein inneres Gefängnis oder die Beziehung zu ihr aufzugeben, unterlag die aufkommende Kraft im Kampf gegen seine Ängste. Er hatte seither nie wieder eine Frau näher kennengelernt.

Und nun stand er an einem Samstagnachmittag im Sommer im Wohnzimmer im ersten Stock seines Hauses, genau da, wo er seinen möglichen Aufbruch und den Ansatz zu einer engen Bindung aufgegeben hatte und wartete auf den ersten Mietinteressenten.

* * *

Er hatte sich am Telefon als Kevin Tanner vorgestellt, dreissig Jahre alt und Informatiker von Beruf.

Genau zur abgemachten Zeit läutete es an der Haustür. Das war ein guter Anfang. Brander öffnete. Der junge Mann vor der Tür war gross und von gepflegter Erscheinung. Er sah ihn offen und freundlich an und streckte Brander die Hand zum Gruss hin: »Kevin Tanner. Guten Tag, Herr Brander. Wir würden gerne die Wohnung anschauen.« »Wir?« »Ja, das ist Simon Thüring, mein Lebenspartner.« Thüring schüttelte Branders Hand. Brander war erstaunt und erleichtert, dass sich auch Thürings Händedruck ganz gewöhnlich anfühlte. »Dürfen wir hereinkommen?« »Ja, ja doch, kommen Sie!«

Er führte die zwei in den ersten Stock und durch die Wohnung. Den Männern gefiel es offensichtlich. Sie wiesen sich gegenseitig auf die gepflegten Holzböden hin, schätzten ab, welche Möbel wo hinpassen könnten und freuten sich über die kleine aber wohl durchdachte Küche. Brander folgte ihnen durch die Räume und nahm die Worte nicht wahr, die sie sprachen. Er vergass, seine Notizen zu konsultieren, und so bemerkte er gar nicht, dass er sie sowieso in der Küche unten liegen gelassen hatte.

Er beobachtete angespannt, wie die zwei Männer einander anschauten, ob und wie sie sich berührten und überlegte fieberhaft, wie er eine Absage unverfänglich begründen könnte. Er hatte zwar immer beschämt geschwiegen, wenn in seiner Anwesenheit über homosexuelle Menschen gelästert und gespottet wurde, und bei der Abstimmung über die gesetzliche Anerkennung gleichgeschlechtlicher Paarbeziehungen ein Ja eingelegt. Aber er hatte nicht daran gedacht, dass die Verpflichtung, die aus einem Ja erwuchs, nicht nur auf die Gesellschaft als Ganzes, sondern auch einmal auf ihn persönlich zukommen könnte.

Auf ihre Bitte nach baldiger Unterzeichnung des Mietvertrages erklärte er gewunden, er bedaure, aber er habe noch weiteren Interessenten eine Besichtigung zugesagt und werde sich nach deren Besuchen entscheiden. Falls er sich bis in zwei Wochen nicht bei ihnen melde, sei die Wohnung an jemand anderen vermietet. Sie müssten sich nicht die Mühe machen, nachzufragen. Die zwei waren enttäuscht, aber nicht erstaunt. So etwas geschah ihnen nicht zum ersten Mal.

Sie gaben einander bei der Verabschiedung nicht mehr die Hand. Er schloss die Tür und schaute ihnen verstohlen durch das Fenster nach. Als Tanner im Hinausgehen sichtlich verärgert heftig an das Gartentor trat, fühlte sich Brander ein wenig entlastet. Aber er schlief nicht gut in dieser Nacht.

Sonntag, 1. Juli

Mariam Miwembu aus Mali, unverheiratete Mutter einer Tochter, sprach gebrochen Deutsch, und so war es nicht ganz einfach gewesen, sich am Telefon zu verständigen. Brander wollte aber ihr und sich beweisen, dass er nichts gegen Menschen aus anderen Kulturen hatte und machte mit ihr den Termin am Sonntag ab.

Schon während der Wohnungsbesichtigung begann Brander wortreich zu erklären, wie ungünstig die Wohnlage für Kinder sei. Das Quartier sei etwas überaltert und Kindergarten und Schule nicht gerade in der Nähe. Der Nachbar zur Linken sei ein veritabler Kinderfeind. Er schimpfe sogar dauernd mit seinen Enkelkindern, wenn die einmal zu Besuch seien. Er könne sich gar nicht vorstellen, wie der je zu Kindern und Enkelkindern gekommen sei. Es sei ihm sehr unangenehm, aber wenn sie ihm am Telefon nur gesagt hätte, dass sie ein kleines Kind habe …

Die ganze Zeit über hüpfte die etwa vierjährige Tochter um sie beide herum, sang Lieder, untersuchte die Küchenschränke und zupfte die Mutter am Kleid, um ihr etwas zu erzählen oder sie etwas zu fragen. Das Mädchen hatte eine hellbraune Haut und war ganz offenbar das Kind eines weissen Vaters. Brander war nicht sicher, ob Frau Miwembu alles verstand, was er sagte. Aber das spielte keine Rolle, weil er sowieso nicht sagte, was er meinte. Er redete und redete und schämte sich, weil sie alles so ergeben hinnahm und weil er ihr ansah, dass sie vielleicht nicht alles verstand, was er sagte, aber umso genauer wusste, was er meinte.

Er bedaure, sagte er zum Abschied, aber sicher finde sie etwas Passenderes für eine Mutter mit Kind und er wünsche ihr viel Glück bei der Suche.

Montag, 2. Juli

Jacqueline Rochat und Marco Balmelli kamen am Montagabend. Sie gefielen ihm auf Anhieb. Beide waren knapp über zwanzig und unübersehbar verliebt. Sie trugen das Herz auf der Zunge und erzählten, kaum hatten sie Brander begrüsst, sie seien kürzlich beide wirtschaftlich selbständig geworden und wollten nun zusammenziehen. Brander sagte, das freue ihn für sie und seine günstige Wohnung sei genau das Richtige für so einen Anfang.

Auf der Treppe zum ersten Stock erzählten sie munter weiter und eröffneten ihm, dass sie sich bald ein Kind wünschten. Ob es viele junge Familien im Quartier gebe? Brander antwortete so leise, dass sie ihn bitten mussten, seine Worte zu wiederholen, und das machte es nur noch schlimmer.

Nachdem sie sich auch nach den Schulen erkundigt hatten, schauten sie sich der Form halber noch rasch die Wohnung an und erklärten dann offen, unter diesen Umständen sei es leider nichts für sie. Aber die Wohnung sei hübsch und sie würden es in ihrem Bekanntenkreis weitererzählen. Sie gingen fröhlich Hand in Hand und liessen einen geknickten Brander zurück.

Dienstag, 3. Juli

Es war Dienstagnachmittag, und Brander war auf dem Heimweg von der Arbeit. Breitbeinig, mit dem Rücken an die Heckscheibe gelehnt, stand er zuhinterst im vollen Bus. Diesen Platz wählte er sonst nie, aber in letzter Zeit war vieles nicht mehr so wie zuvor. Seine kleinen Fehlleistungen häuften sich, sein Leben war in Bewegung geraten. Er wusste nicht, was mit ihm geschah, und er fühlte sich hilflos und handlungsunfähig.

An der nächsten Station stieg eine Frau ein und ging quer durch den Stehplatzbereich zu den Seitenfenstern hinüber.

Sie war eingestiegen, ohne nach links und rechts zu blicken, hatte sich zwischen den Fahrgästen hindurchgeschoben, ohne sich umzusehen, stand jetzt am Fenster, hielt sich mit beiden Händen an der Griffstange und schaute hinaus. Sie blieb die ganze Zeit über so stehen und drehte kein einziges Mal den Kopf. So verharrte sie, inmitten von Menschen und doch ganz allein für sich.

Sie war von zierlicher Statur und hatte dunkles, volles Haar. Sie trug keinen Schmuck und hatte die Fingernägel kurz geschnitten. Sie war unauffällig gekleidet und nicht geschminkt. Sie war einfach nur sich, und sie war schön.

Ernst stand die Frau da, und es ging eine Kraft von ihr aus, die Brander mächtig und umfassend traf. Er schloss die Augen und gab sich dem Gefühl hin, sie berühre ihn. Es war so stark, dass er glaubte, ihre Wärme zu spüren. Er öffnete die Augen wieder, wünschte sich, sie möge ihn anschauen, und fürchtete sich gleichzeitig davor.

Sein Blickfeld verengte sich auf ihre Gestalt, die Umgebungsgeräusche wurden zu einem Hintergrundsummen, und es schien ihm, er sei mit der Frau allein im Bus. Er fühlte nicht, wie ihm bei einem Bremsmanöver ein Mann versehentlich auf den Fuss trat, und hörte auch nicht, wie dieser sich wortreich dafür entschuldigte.

* * *

Als die Frau ausstieg, stieg auch er aus. Als sie die Strasse überquerte, überquerte auch er die Strasse. Als sie weiterging, ging er ein wenig zurückhängend auf der gegenüberliegenden Strassenseite mit.

Erst allmählich nahmen seine Sinne wieder die Umgebung wahr und er bemerkte, dass er auf seinem gewohnten Heimweg war.

Die Frau zögerte an der Strassenecke, blieb stehen, zog einen Zettel aus der Tasche und verglich ihn mit dem Strassenschild. Dann ging sie mit dem Zettel in der Hand von Haus zu Haus weiter. Vor seinem Haus blieb sie stehen und schaute auf ihre Armbanduhr. Sie zuckte mit den Achseln, drehte sich um, lehnte sich mit dem Rücken gegen das Gartentor, hob den Kopf und sah ihn über die Strasse hinweg an.

Brander kam sich nackt und ertappt vor. Zweifellos hatte sie seiner Haltung entnehmen können, dass er bereits vorher da gestanden und sie angeschaut hatte. Er überwand seine Schamgefühle und trat auf die Strasse. Als er gerade die Strassenmitte überquerte, weiteten sich die Augen der Frau und sie beugte sich ruckartig vor. Brander blieb unwillkürlich stehen, und ein Auto fuhr laut hupend um Haaresbreite vor ihm vorbei.

Als er vor ihr stand, sagte sie entgeistert zu ihm: »Sie müssen einen Schutzengel gehabt haben. Das Auto hätte sie beinahe erfasst. Haben Sie es denn nicht kommen sehen?« Brander genoss ihre Stimme und blickte verwirrt zurück. »Nein, ich habe das Auto nicht kommen sehen«, sagte er, und ja, er habe einen Schutzengel gehabt, dachte er.

Sie wandten verlegen den Blick voneinander ab, nur um sich gleich wieder anzuschauen. Als sie sich beide wieder einigermassen gefangen hatten, sagte sie, sie sei glücklich, dass ihm nichts passiert sei, und hoffe, dass er sich vom Schreck erholt habe. Dabei lächelte sie ihn an. Es war das erste Mal, dass er sie lächeln sah, und Brander war endgültig verloren. »Danke«, brachte er heraus, es sei alles in Ordnung. Alles in Brander war aber in Unordnung, und es fühlte sich wunderbar an.

Und die ganze Zeit über beschäftigte ihn die Frage, ob sie seine roten Ohren bemerkt hatte. Sie glühten so stark, dass es beinahe weh tat.

* * *

So standen sie eine Weile und schwiegen. Sie wandten immer seltener den Blick ab und schauten sich immer länger an. Brander brach das Schweigen zuerst und deutete auf das Gartentor, an dem die Frau immer noch lehnte. »Pardon. Ich wohne hier.« Sie gab den Weg frei. »Dann sind Sie Herr Brander. Ich bin Sibel Aydin. Wir haben abgemacht, wegen der Wohnung.« Sie vergesse so oft Termine oder komme zu spät, sagte sie. Und aus lauter Angst, wieder einmal zu spät zu sein, sei sie jetzt zu früh.

»Das macht doch nichts«, sagte Brander. Er öffnete das Tor und ging voraus. Sie folgte ihm und liess das Tor offen. Brander achtete nicht darauf und seine Ohren brannten.

Er bat sie in seine Wohnung, und während sie ihn nicht aus den Augen liess, getraute er sich nicht, sie anzuschauen, versorgte automatisch Schlüssel, Jacke und Schuhe millimetergenau an den gewohnten Orten und redete pausenlos belangloses Zeug. Erst, als sie sich am Küchentisch gegenüber sassen und er es nicht mehr vermeiden konnte, ihr in die Augen zu blicken, merkte er, dass man nicht immer etwas sagen musste, und schwieg verlegen.

Sibel Aydin schwieg eine Weile mit, trank gerne den Kaffee, den er ihr anbot, und nahm dann das Gespräch wieder auf, indem sie sich näher vorstellte. Sie sei eine Seconda, hier geborene Tochter einer türkischen Immigrantenfamilie. Ihre Eltern hätten sich der ihnen fremden Kultur nur so weit angepasst, wie es der Alltag erforderte, und alles versucht, den jüngeren Bruder Volkan, ihre ältere Schwester Zohra und sie vor den Einflüssen dieser gottlosen Zivilisation zu bewahren. Sie hätten aber schnell gelernt, den Eltern vorzuspielen, was sie sehen und hören wollten, und ansonsten genau diesen Einflüssen lustvoll nachgegeben. Zohra und sie seien unzertrennlich gewesen. Sie sei gleichermassen ihre geliebte Schwester, ihr Idol und Mutterersatz gewesen. Als junge Erwachsene habe sie sich bald ganz mit den Eltern überworfen und sei schliesslich unter Streit und Tränen ausgezogen. Ausser Wut und Schuldgefühlen habe sie damals nicht viel Gepäck gehabt und sich die folgenden Jahre mit Mühe und mit Zohras Unterstützung durchgeschlagen. Und jetzt freue sie sich auf eine örtliche Veränderung und überhaupt auf einen Neuanfang.

Hier brach sie ab. Es war ihr erst jetzt bewusst geworden, dass sie einem Menschen, den sie heute zum ersten Mal getroffen hatte, ihre Seele so weit geöffnet hatte wie schon lange niemandem mehr. Immerhin, sie wusste wie er hiess, sass in seinem Haus, trank seinen Kaffee und teilte das Erlebnis des Beinahe-Unfalls mit ihm. Aber es war nicht das. Es lag vielleicht daran, wie er ohne wertende Mimik und Gestik zuhörte. Es war möglicherweise auch sein kindlich offener Blick, der ihr das Erzählen so leicht machte. Sie konnte es nicht beschreiben. Sie hatte ihm von Beginn an vertraut und bereute es nicht. Seine lebhafte Teilnahme zeigte sich auch an seinen roten Ohren. Es gefiel ihr. Er gefiel ihr.

Danach erzählte Brander von der Strenge und Wortkargheit seines Elternhauses und der Einsamkeit des Einzelkinds, das weder andere Kinder besuchen noch welche zu sich einladen durfte. Aber heute freue er sich an seinem Beruf und an seiner Leidenschaft für Vulkane, deren Kraft und Schönheit er bewundere.

Sie hatten sich eben erst getroffen und waren sich schon nahe. Sie kannten sich noch kaum und machten sich schon gegenseitig zu Mitwissern ganz persönlicher Erinnerungen, und beide hatten nichts dagegen.

* * *

Dann war es fürs Erste genug, und sie schwiegen, bis Sibel Aydin beinahe entschuldigend bemerkte, sie sei eigentlich wegen der Wohnung gekommen.

Brander, peinlich berührt, sprang auf, holte den Mietvertrag und legte ihn ihr vor. Sie kramte einen Kugelschreiber aus ihrer Tasche, hielt dann inne, lächelte und legte ihn wieder ab. Ob es ihm etwas ausmache, wenn sie sich zuvor die Wohnung erst einmal anschaue, wollte sie wissen und lächelte. Aber natürlich nicht, und es sei ihm sehr unangenehm, dass er nicht selber daran gedacht habe, entschuldigte sich Brander und griff an seine Ohren.

Er wies ihr den Weg. »Sibel, si belle!« dachte Brander, als sie vor ihm die Treppe hinaufstieg. Er war vollauf zufrieden damit, ihr zuzuschauen, wie sie die Wohnung besichtigte, und es fiel ihm nicht im Geringsten auf, dass sie kaum etwas fragte. Zum Schluss meinte sie: »Das Wohnzimmer ist gross, da hat viel Platz. Ich möchte gerne hier wohnen.«

»Willkommen im Haus!« sagte Brander, und das war stark untertrieben. Sie war ihm mehr als willkommen, und das nicht nur im Haus.

Da sei noch etwas, wand sie sich ein wenig. Sie wisse, dass das ziemlich ungewöhnlich sei, aber ob sie am nächsten Freitag schon einziehen dürfe? Sie erzählte frei heraus, dass ihr die alte Wohnung kurzfristig im Streit gekündet worden war und sie in Zeitnot sei. »Aber nur, wenn es Ihnen recht ist.« Und wie es ihm recht war.

Er ging vor ihr die Treppe hinunter. Da stolperte sie leicht, fiel ein wenig vornüber, stützte sich kurz auf seiner rechten Schulter ab und entschuldigte sich errötend.

Beim Abschied gab ihr Brander die Schlüssel. Er sagte wenig, weil er befürchtete, zu viel oder etwas Dummes zu sagen. Sie drehte sich am Tor noch einmal um, nickte ihm zu und ging. Sie liess das Tor offen. Brander schaute ihr nach, bis sie verschwunden war, legte dann die linke Hand auf seine rechte

Schulter, schloss die Augen und addierte die Wärme der Abendsonne zur Wärme seines Glücks. Dann ging er hinein und schloss die Tür.

Auf dem Küchentisch lagen der nicht ausgefüllte Mietvertrag und Sibel Aydins Kugelschreiber.

* * *

Brander träumte in dieser Nacht, er sitze als kleiner Junge im Wohnzimmer auf dem Boden. Ein Mann und eine Frau gingen im Raum auf und ab und verhielten sich, als ob er nicht da wäre. Er wusste im Traum, dass es seine Eltern waren, aber ihre Gesichter waren verschwommen, ihre Stimmen klangen fremd, und er konnte ihre Worte nicht verstehen. Plötzlich beugte sich die Mutter zu ihm herunter. Die grosse undeutliche Gesichtsfläche verdunkelte sein Sehfeld und die Mutter sprach streng zu ihm.

Mittwoch, 4. Juli

Er wachte unzufrieden auf, sah mit Schrecken, dass er zu spät war, sprang in die Kleider und verliess das Haus ohne Frühstück. Als er das Postzentrum betrat, waren die meisten Kollegen bereits auf der Tour, und die letzten, die soeben noch das Haus verliessen, begrüssten ihn mit breitem Grinsen. Der perfekte Brander nicht zur Zeit, das war etwas zum Geniessen.

Erst an seinem gewohnten Arbeitsplatz kam er ein wenig zur Ruhe.

Brander war kaum von seiner Tour zurück, als ihn der Abteilungsleiter ins Büro rief. Er sei heute zu spät gekommen, begann er. Zudem hätten vier Leute, die in seinem Verteilgebiet wohnten, angerufen. Einer habe sich über die verspäte Zustellung beklagt, zwei hätten die Post des Nachbarn im Kasten gehabt, und einer habe seine Post überhaupt nicht bekommen.

»Ich weiss nicht«, sagte der Abteilungsleiter, »woher du Branders Stimme und Aussehen hast, aber es wäre schön, wenn du morgen den alten Brander wieder mitbringen würdest. Und jetzt geh heim und schlaf dich aus.«

Zuhause ass er früh zu Abend. Danach legte er sich zur Musik der Beatles auf die Couch im Wohnzimmer. »Michelle, ma belle« klang aus den Lautsprechern. Nachdem das Stück verklungen war, stand Brander auf, suchte die sorgsam getippte Liste aller Beatlestitel hervor und kritzelte etwas darauf. Danach zündete er eine Kerze an und löschte die Deckenlampe. Er legte das Stück noch einmal auf, setzte sich auf die Couch und drehte im Kerzenlicht Sibel Aydins Kugelschreiber in den Händen. Dann legte er ihn sorgfältig hin, hielt seine Hände über die Kerze und genoss die Wärme des kleinen Feuers. Zwischen seinen Fingern hindurch malte die Flamme bewegte Licht- und Schattenmuster an die Decke.

Donnerstag, 5. Juli

Am Donnerstag erschien er rechtzeitig am Arbeitsplatz. Den gewohnten Brander hatte er jedoch entgegen der Aufforderung des Abteilungsleiters nicht mitgebracht. Auch wenn er es gewollt hätte, er hätte es nicht gekonnt. Den gewohnten Brander gab es nicht mehr.

Er ging den Kollegen mit seiner Ungeduld auf die Nerven und arbeitete hastig. Seine Tour erledigte er fehlerlos, lieblos und atemlos. Das Moped mit dem Anhänger parkte er nicht auf dem zugeteilten Platz, sondern zufällig und schräg irgendwo im Abstellraum. Den Weg vom Postzentrum zum Bus und vom Bus nachhause nahm er mit schnellen, ausgreifenden Schritten. Wenn ihn niemand sehen konnte, rannte er.

Zuhause fand er aber keine Ruhe, nahm dies und jenes in die Hand und legte es wieder weg, ging aufgedreht von einem Zimmer ins andere und hatte dann jeweils bereits wieder vergessen, was er eigentlich dort wollte. Er ass hastig zu Abend, liess das Geschirr stehen und schaute fern, ohne etwas zu sehen.

Immer wieder befiel ihn die Angst, die Begegnung mit Sibel Aydin sei nichts als ein schöner Traum gewesen. Der Anblick ihres Kugelschreibers belehrte ihn jeweils eines Besseren.

Freitag, 6. Juli

Als Brander am Nachmittag von der Arbeit nach Hause kam und sich seinem Haus näherte, sah er von Weitem, wie sich Sibel Aydin von drei Männern verabschiedete. Sie stiegen grinsend und kopfschüttelnd in einen Kleinlaster, auf dessen Blache ‚Die Taglöhner, schnell, unkompliziert, günstig' stand und fuhren weg. Sibel Aydin ging hinein.

Als Brander ins Haus trat, schloss sich gerade die Tür im ersten Stock. Im Flur, auf den Treppenstufen und auf dem oberen Treppenabsatz verstreut standen Kartonschachteln und Plastiksäcke in allen Grössen.

Dann sah und hörte er nichts mehr von seiner neuen Mieterin, und er traute sich bis nach dem Abendessen nicht, hinauf zu gehen, um zu erfahren wie es ihr gehe, um zu sehen, wie sie aussah, und um zu hören, wie ihre Stimme klang.

Dann hielt er es endgültig nicht mehr aus und stieg mit Sibel Aydins Kugelschreiber in der Hand in den ersten Stock.

* * *

Vor ihrer Tür lag eine leere Papiertüte. Er hob sie auf, knüllte sie zusammen und steckte sie ein. Dann klopfte er an, beugte sich vor und lauschte den näher kommenden Schritten im Innern. Er hatte sich eben wieder aufgerichtet, als sie die Tür aufschloss. Sie öffnete sie gerade so weit, dass sie hinaus schlüpfen konnte, und zog die Tür hinter sich bis auf einen Spaltbreit wieder zu. Für einen kurzen Moment hatte Brander hineinsehen können. Eine nackte Glühbirne brannte an der Decke und Dutzende von Kisten und Schachteln standen umher. Sie hatte seinen Blick bemerkt und lächelte gequält: »Ich habe so viele kleine Sachen. Bis die alle geordnet sind! Aber ich arbeite daran.«

Brander sagte: »Ich verstehe.« Aber er verstand nicht wirklich und war genauso verlegen wie sie. So standen sie eine Weile schweigend, bis es Brander nicht mehr aushielt. Er streckte ihr den Kugelschreiber entgegen und sagte: »Also dann.« Sie nahm den Stift entgegen, berührte dabei seine Finger für einen Sekundenbruchteil länger als nötig und dankte stumm mit einem Kopfnicken. Sie hätte gerne noch etwas gesagt, um ihn noch eine Weile festzuhalten. Aber sie fand keine Worte. Sie blieb oben an der Treppe stehen und sah ihm nach, wie er hinunter stieg.

Auf der Treppe unterdrückte er das Bedürfnis, sich nach ihr umzudrehen. Erst vor seiner Wohnungstür blieb er stehen und schaute noch einmal zu ihr hoch. Sie stand immer noch da, winkte ihm angedeutet mit halb erhobener Hand und ging dann hinein.

* * *

Sibel Aydin verspürte so viel Energie und Mut wie schon lange nicht mehr. Sie räumte Bad und Küche so weit auf, dass sie beide Räume ihrem Sinn und Zweck entsprechend benützen konnte, und füllte zwei Müllsäcke mit Abfällen, Nippes, Postkarten, beschädigten Tassen, nie gelesenen Büchern, zerfledderten Zeitschriften, abgewiesenen Stellenbewerbungen und dergleichen mehr. Bei jedem Stück musste sie den Gedanken, sie könne es vielleicht doch noch irgendwann einmal brauchen, überwinden. Dann dachte sie an Branders Gesichtsausdruck, als er durch den Türspalt einen kurzen Blick auf ihr Chaos erhascht hatte, und machte grimmig weiter. Sie wollte um keinen Preis, dass ihre Aussage, sie würde daran arbeiten, zur Lüge würde.

Sie band die Müllsäcke zu und stellte sie schnell hinaus vor die Tür. Sie wollte nicht in Versuchung kommen, sie wieder öffnen zu wollen, um das eine oder andere scheinbar unersetzliche Stück vor der Vernichtung zu bewahren.

Stolz über ihre ersten kleinen Erfolge saugte sie danach die Biscuitkrümel in den Gängen zwischen den Möbeln und den Kartons auf, sammelte die leeren Verpackungen, stellte sie geordnet auf die Spüle und schwor sich, sie gleich nachher für die Kartonsammlung zu bündeln. Dann brach sie eine neue Biscuitpackung auf und verteilte neue Krümel, die sie unverdrossen wieder wegputzte, und schliesslich sank sie verschwitzt auf die freie Hälfte des Sofas und dachte an Brander.

Dann stand sie wieder auf und holte die Sachen vom Flur herein, stellte sie zuoberst auf schwankende Türme, rückte sie an den Rand der noch halbwegs freien Durchgänge und machte diese dadurch noch schmaler. Sie nahm eine Schachtel und trug sie ins Schlafzimmer, öffnete sie und sah, dass Küchensachen darin waren. Sie trug sie in die Küche, fand aber keinen Platz dafür und schleppte sie zurück ins Wohnzimmer. Sie stapelte Kartons an einem Ort und sortierte Schachteln an einem anderen, bis sie sich schliesslich eingestand, dass sie das Chaos nicht vermindert, sondern lediglich umgestellt und gleichmässiger verteilt hatte.

Da packte sie die Wut, und ohne hinzusehen füllte sie fieberhaft einige Müllsäcke mit allem, was ihr gerade in die Hände kam. Hinein, hinein, hinein und aus den Augen, hinaus vor die Tür. Sie war schon auf den untersten Stufen der Treppe, als sich Branders Wohnungstür öffnete.

* * *

Brander blieb überrascht stehen. Sibel Aydin stand da auf der Treppe, mit einem Müllsack in jeder Hand. Flur und Treppe waren aufgeräumt.

»Hallo«, sagte er fröhlich. »Hallo«, sagte sie und lächelte unsicher. Brander half ihr, die Müllsäcke hinauszutragen. Sie sagte verlegen, sie brauche noch mehr Säcke, habe aber keine mehr. Er bat sie zu sich herein, führte sie in die Küche und gab ihr eine Rolle Müllsäcke. Sie bedankte sich und wollte gehen.

Da fasste er sich ein Herz, bot ihr einen Stuhl an und fragte, ob sie Kaffee wolle. Er gab ihr noch ein Stück Kuchen dazu, schenkte sich auch einen Kaffee ein und setzte sich ihr gegenüber hin. Sie ass den Kuchen schnell und ohne Pause. Er sah, dass sie wirklich Hunger hatte, und gab ihr ein zweites Stück. Er sah zu, wie sie ass und trank, ohne auch nur einmal aufzublicken. Er betrachtete sie, wie sie da sass, verschwitzt und mit aufgelöstem Haar, die Bluse weit aufgeknöpft, mit hochgekrempelten Ärmeln. »Sibel, si belle«, dachte er, und fand sie schöner denn je.

Als sie sich satt zurück lehnte, fragte er sie, ob sie denn frei genommen habe, um sich einrichten zu können. Sie habe momentan keine Arbeit und sei auf Stellensuche, sagte sie. Eigentlich habe sie eine kaufmännische Ausbildung machen wollen. Aber als sie ihr Elternhaus so früh verliess, musste sie dringend Geld verdienen und habe seither als Verkäuferin in Supermärkten oder als Serviceangestellte gearbeitet. Sie würde aber gerne eine Ausbildung als Floristin machen.

Brander erzählte von seiner Arbeit und dass sein Vater und dessen Vater schon Briefträger gewesen seien. Er geniesse es, ganz früh zu beginnen und die Stadt erwachen zu sehen. Seine Tour, das sei seine Tour. Er habe es zwar noch nie ausprobiert, aber wahrscheinlich könne er sie zur Not auch blind machen.

Ob sie wohl seine Toilette benützen dürfe, fragte sie unvermittelt. Er führte sie durch den Korridor nach hinten. Dabei kamen sie an der offenen Wohnzimmertür vorbei. Sibel sah ihn neugierig und fragend an, und er sagte: »Bitte.«

Sie trat in das Zimmer. Sie mochte wetten, dass es seit dem Tod seiner Eltern weitgehend unverändert geblieben war. Stark gemusterte Tapeten, dunkle Möbel und schwere Gardinen verdüsterten den Raum.

Die meisten Bücher im langen Regal waren gebunden. Sie standen der Grösse nach geordnet, die

Rücken bündig mit der Regalkante. Eine Gruppe bunter Buchrücken fiel ihr auf. Sie gehörten grossformatigen Sachbüchern über Natur, Länder und Kontinente. Auf einem stand in glühend roten und gelben Lettern ‚Vulkane – Poren der Erde'.

Die Musikanlage war modern. Er war ihrem Blick gefolgt und sagte: »Ich höre gerne Musik, vor allem solche aus den Sechzigern und Siebzigern. Ich habe alle Platten der Beatles.«

Sibel sah seine Liste mit den Songtiteln der Beatles, fein säuberlich alphabetisch geordnet. Die Namen waren nach irgend einem System farbig markiert. Ein Name fiel ihr auf, er war durchgestrichen. Reste von ‚Michelle' konnte man noch knapp erkennen, und ‚Si belle' stand jetzt darüber.

Sie errötete, getraute sich nicht, ihn anzusehen, sagte »Jetzt muss ich aber wirklich dringend« und verschwand in der Toilette. Danach bedankte sie sich und ging nach oben. Es war mehr als genug Glück für heute.

Sie sass auf dem Sofa, die Rolle Müllsäcke in der Hand, die Brander ihr gegeben hatte. Sie dachte an den Besuch bei ihm zurück und fand heraus, was sie gestört hatte, ohne dass es ihr bewusst geworden war. Es war das Nichts. Nichts lag umher. Nichts war schmutzig. Nichts war gerade in Arbeit. Nichts deutete darauf hin, dass hier jemand wohnte. Nichts, ausser der Liste mit den Songs der Beatles.

Und mitten darin Brander, voller Leben. Es hatte ihr so gut getan, wie er ihren Hunger bemerkte, wie er ihr zuhörte, wie er sich ihr anvertraute, wie er warten konnte.

Und wie er sie anschaute.

Samstag, 7. Juli

Ein Samstag war ein Arbeitstag für Briefträger, und Brander verliess zu gewohnt früher Stunde das Haus. Seine Kollegen waren zwar froh, dass er heute in guter Stimmung war, aber schliesslich bemerkte einer während des Sortierens überfreundlich, Brander habe eine angenehme Stimme und das sei ein sehr schönes Lied, das er da immer wieder vor sich her singe, er kenne und schätze es sogar, aber jetzt habe er es gehört, und er fände es nicht übertrieben, wenn er zur Abwechslung einmal etwas anderes oder noch besser gar nichts sänge, und zudem müsse es ‚Michelle' heissen und nicht ‚Sibel' oder so.

Brander war überhaupt nicht beleidigt und gab gut gelaunt zurück, er könne ihm auch ein Gedicht vortragen, wenn er wolle. Der Kollege musste lachen und wünschte ihm eine gute Tour und ein schönes Wochenende. Brander belud den Anhänger, startete den Motor und begann seine Runde.

***

Während Brander gut gelaunt Post verteilte, brachte es Sibel fertig, ein halbes Dutzend weitere Müllsäcke zu füllen. Mit dem neu gewonnenen Schwung wagte sie sich an die Kartons, öffnete einige, sah die Menge und das Durcheinander des Inhalts und seufzte. Sie erwog verschiedene Ordnungssysteme, legte einige Sachen hierhin und andere dorthin. »Es ist doch sinnlos, alles zu ordnen, nur um es nachher wieder umordnen zu müssen«, flüsterte ihr der Teufel ins Ohr. Sie stimmte ergeben zu und beschloss, später weiter zu machen, wenn sie sich die ideale Ordnung ausgedacht hätte. Morgen wollte sie die Sache anpacken. Morgen.

Sie öffnete eine weitere Packung Biscuits. Als sie alle gegessen hatte, stellte sie die leere Verpackung zu den anderen, die alle in Reih und Glied auf der Spüle standen. Sie hatte sie noch immer nicht für die Abfuhr gebündelt.

Sie verliess das Haus, um im Laden um die Ecke Milch, Brot und eine Rolle Müllsäcke zu kaufen. Auf dem Rückweg dachte sie an ihre Schwester, die so lange für sie da gewesen war, auch als sie ganz abgeglitten war. Aber es kam der Moment, wo auch sie einfach nicht mehr konnte und sich zurückgezogen hatte. Jetzt hatte Sibel Brander so viel

Schönes über Zohra erzählt, dass dabei die Sehnsucht übermächtig wurde, ihre Schwester zu sehen, sie in den Armen zu halten und von ihr gehalten zu werden. Sie nahm ihr Telefon aus der Tasche und ihren Mut zusammen und rief sie kurz vor Branders Haus an: »Sag nichts, ich habe Neuigkeiten. Gute Neuigkeiten. Und du fehlst mir. Ich möchte dich sehen!« Zohra war noch nie kompliziert gewesen: »Was redest du da, Kleines. Ich glaube, du hast mich gespürt. Komm gleich heute Abend und übernachte bei mir. Ich liebe dich.« Sibel legte auf und musste den Rest des Heimwegs unbedingt hüpfend zurücklegen.

Wieder zurück in der Wohnung versorgte sie die Milch und das Brot, setzte sich mit der Müllsackrolle in der Hand auf das Sofa, betrachtete sie, dachte an Brander und überlegte. Dann lächelte sie und schaute sich nach der Schachtel mit den Bastelutensilien um. Nach langer hartnäckiger Suche fand sie sie hinter zwei anderen Schachteln unter dem Esstisch. Es war alles darin, was sie brauchte, und sie machte sich an die Arbeit.

* * *

Am Samstag gab es üblicherweise wenig Post zu verteilen, und Brander kam schon am frühen Nachmittag heim. Vor seiner Wohnungstür stand aufrecht eine frische Rolle Müllsäcke, und eine

Papierblume steckte in ihrer Mitte wie in einer Vase. Die Formen waren aus feinem Draht gebogen, Blüte und Blätter aus buntem Krepppapier geschnitten und sorgfältig über die Drahtschlingen geklebt. Am Stiel der Blume hing an einem Goldfaden ein Kärtchen. ‚Danke, von Sibel' stand darauf. Sibel, nur Sibel, nicht Sibel Aydin.

Er betrat seine Wohnung und kickte die Schuhe vergnügt in zwei verschiedene Ecken. Er platzierte die Müllsackvase mitten auf den Küchentisch und stützte sie rundum mit Trinkgläsern ab, damit sie nicht umfallen konnte. Dann ging er ins Wohnzimmer, legte eine Platte auf den Plattenspieler und eine Kleiderspur auf den Boden, von der Musikanlage bis zur Dusche.

Nach dem Duschen ersetzte er die Kleiderspur in der umgekehrten Richtung durch eine Spur nasser Fusstritte und legte eine neue Platte auf. Danach warf er die aufgesammelten Kleider in den Wäschekorb. Die Socke unter dem Sessel übersah er grosszügig.

Brander war ein ganz passabler Koch. Am späten Nachmittag kreierte er eine frische Sauce zu den Nudeln, die er perfekt al dente kochte. Dann legte er sorgfältig Teller und Besteck auf ein Tischset und schenkte sich ein Glas Rosé ein. Er sang dazu, brach aber plötzlich lachend ab. Er hatte an den Kollegen denken müssen, der kein Gedicht hören wollte. Zum Glück, denn er hätte gar keines auswendig gewusst.

Er zog einen Stuhl hervor und setzte sich, stand aber gleich wieder auf. Er hatte sich auf Sibels Schlüssel gesetzt. Sie hatte sie offenbar gestern liegen gelassen. Er legte sie neben die Papierblume, betrachtete während des Essens die Blume und den Schlüssel immer wieder und fasste einen Entschluss.

Gleich nach dem Essen nahm er die Schlüssel und stieg die Treppe hinauf. Sie hatte seine Schritte gehört und trat, schon bevor er ganz oben war, aus der Tür. Sie schloss sie gleich wieder hinter sich, diesmal aber ganz. Brander bemerkte es in seiner Vorfreude nicht, sah nur sie, sagte »Hallo« und »Die Schlüssel. Sie lagen auf dem Küchenstuhl.« Sie nahm die Schlüssel entgegen und steckte sie in die Hosentasche. »Hallo und Danke«, sagte sie, und das sei wieder einmal typisch für sie, dachte sie.

Er stand unschlüssig da, und sie sah, dass er noch etwas sagen wollte. Sie musste unwillkürlich daran denken, dass sie die erste Miete noch nicht gezahlt und bei ihren wenigen Ausgängen regelmässig vergessen hatte, die Haustür mit dem Schlüssel zu schliessen.

Ob er sie wohl heute Abend auf einen Drink einladen dürfe, um die Feier für den Beginn des Mietverhältnisses nachzuholen, sagte er schliesslich. Seine Ohren glühten wieder, und er ärgerte sich über seine gekünstelte und umständliche Formulierung. Er kenne eine gemütliche kleine Bar im Quartier, mit ein paar kleinen Tischen im Freien.

Sie nickte freudig und erleichtert, machte dann aber ein betroffenes Gesicht. Sie erklärte Brander, dass sie sich bereits mit ihrer Schwester verabredet habe. Ob es auch am Sonntagabend gehe? Sie sei am späten Nachmittag wieder zurück. Und sie traute sich nicht zu zeigen, wie sehr sie sich über die Einladung freute.

* * *

Brander malte an diesem Abend seit langem wieder einmal. Es war schon lange her, dass er das Bedürfnis gehabt hatte, selber etwas zu erschaffen. Er malte die Müllsackblume, was ihm seiner Meinung nach nicht schlecht gelang, und wagte sich darauf an Sibels Gesicht. Er war mit dem Ergebnis aber nicht zufrieden und wollte auch nicht, dass Sibel die Bilder eventuell zu Gesicht bekäme. Er warf sie ohne Bedauern fort. Das einzige, was ihn störte, war, dass er sich nicht erinnern konnte, ob sie braune oder doch eher graubraune Augen hatte. Aber diese Lücke liess sich ja schliessen, und er legte sich voller Vorfreude auf den Sonntagabend schlafen.

* * *

Sibel läutete mit klopfendem Herz. Zohra öffnete. Sie schaute ihr prüfend in die Augen, begutachtete sie gründlich von oben bis unten und von unten bis oben, nickte dann wissend und sagte: »Du bist verliebt. Komm herein.« Sibel fiel ihr um den Hals. Sie umarmten sich und lachten.

Es wurde eine lange und gute Nacht, obwohl manche Gesprächsthemen keinen Anlass zur Freude gaben. Bruder Volkan suchte nach einem Jahr in Kanada sein Glück in Australien und fand es auch dort nicht. Die verbitterten Eltern sprachen mit Zohra nur das Nötigste und weigerten sich nach wie vor strikt, von Sibel auch nur einen Brief anzunehmen, geschweige denn mit ihr zu sprechen.

Zohra schenkte Rotwein ein, und Sibel erzählte von der neuen Wohnung und ihren kleinen Erfolgen beim Aufräumen. Und sie erzählte von Walter und dann noch von Walter und darauf wieder von Walter. Als sie an der zweiten Flasche waren und eine längere Zeit beredt geschwiegen hatten, sagte Sibel schon ziemlich weinselig: »Zohra, ich schäme mich. Du gibst mir so viel, und ich werde dir nie auch nur einen Bruchteil zurückgeben können.«

Zohra wurde richtig wütend: »Untersteh dich, mir je etwas zurückgeben zu wollen, was ich dir gebe! Ich gebe dir, eben weil ich will, dass es dein sei und dein bleibt. Gib mir, wenn du kannst und willst, und ich freue mich. Aber gib mir nichts zurück. Ich gebe, weil ich will und weil du meine allerliebste Sibel bist.« Sie kam richtig in Fahrt und fuhr fort:

»Du schämst dich? Du achtest dich gering? Wie soll ein Mensch dich achten und lieben, wenn du dich selber gering schätzt? Ich bin kein besserer Mensch als du, aber ich habe nicht deine Ängste. Ich mache eins nach dem andern und freue mich über jeden gelungenen Schritt!« Sie wischte sich eine Wutträne aus dem Augenwinkel. Sie nahm Sibel in die Arme, drückte sie so fest, dass es ihr den Atem nahm, küsste sie auf die Stirn und sagte ernst: »Wenn ich dir Hilfe geben kann, wirst du sie verdammt noch mal annehmen. Versprich mir das!« Sibel nickte. »Und merke dir: Ich unterstütze dich im Training, solange ich die Kraft habe und so gut ich es vermag. Aber dein Rennen musst du schon selber laufen.«

Sibel richtete sich auf und sah ihre Schwester staunend an. So hatte sie sie noch nie erlebt. Zohra musste schon wieder lachen, gab ihr einen scherzhaften Klaps auf den Hintern und sagte: »Und jetzt erzähl mir noch ein wenig von Walter.« Sibel lachte mit, streckte ihr das Glas entgegen und fragte: »Hat es noch Wein?«

Sonntag, 8. Juli

Der Sonntagmorgen kam, und Vorfreude beherrschte bis kurz nach dem Frühstück Branders

Gefühlswelt. Dann gewannen allmählich Sehnsucht, Ungeduld und Langeweile die Oberhand.

Brander erinnerte sich nur zu gut, wie er als Kind während den rituellen Sonntagsbesuchen bei der Verwandtschaft vor Ungeduld und Langeweile fast gestorben war. So stellte er sich damals die Hölle vor, als endlosen Sonntagsverwandtschaftsbesuch. Und wenn die Eltern den quengelnden Sohn Mal um Mal zurechtwiesen, rächte er sich insgeheim, indem er sich hinter das Sofa verkroch und dort voller Lust Teppichhaare ausrupfte, die er dann unauffällig und geschickt in der ganzen Wohnung verteilte. Als er eines Tages ein Häufchen Teppichhaare anzündete und gebannt zuschaute, wie die Fasern glühend rot leuchteten und sich in der Hitze verformten, kam die Sache aus. Die Verwandten bestanden erbost auf Schadenbehebung und warfen seinen Eltern mangelnde Strenge in der Erziehung ihres Sprösslings vor. Die Eltern bezeichneten den Teppich als wertlose alte Matte, fanden die Erziehung ihres Kindes genau richtig und verbaten sich einen solchen Ton. Darauf hörten die Besuche zu Walters Erleichterung eine Zeit lang ganz auf, und als man sich wieder einigermassen zusammenraufte, wurden sie immerhin seltener und kürzer.

Der heutige Sonntag war zwar auch schlimm, versprach aber ein Happy End. Am Ende der Verwandtensonntage hatte ihn jeweils die Rückkehr ins strenge Elternhaus erwartet. Am Ende des heutigen Sonntags erwartete ihn Sibel.

* * *

Ein leichter Sommerregen hatte den Tag eröffnet. Als die beiden Schwestern kurz nach Mittag endlich aufstanden, war er bereits am Abklingen, und ein kräftiger Regenbogen schmückte den Sonntagshimmel. Viele tausend Kinder zeigten begeistert darauf, und viele tausend Eltern erzählten ihnen die Geschichte von der Schatzkiste am Ende des Regenbogens.

»Trink deinen Kaffee aus, Schwester!« befahl Zohra. »Am Ende des Regenbogens liegt ein Einkaufszentrum. Das ist am Sonntag offen!« Sie fuhren mit dem Bus hin. Sibel zählte ihr Geld genau und erstand einen guten Rotwein für ihre Schwester. Zohra kaufte ihr ein hübsches freches Sommerkleid. Sibel brachte es mithilfe kräftiger Aufmunterung durch Zohra fertig, sich darin auch selber hübsch zu finden.

Danach genehmigten sie sich noch ein Milchshake in einem Café. Mit der Zeit begann Sibel unruhig auf dem Stuhl herumzurutschen, bis Zohra sie zur Rede stellte.

»Zohra, ich muss jetzt gehen. Ich habe eine wichtige Verabredung!« »Walter«, nickte Zohra und versorgte sie zum Abschied noch mit einigen lebenswichtigen Ratschlägen im Umgang mit Männern.

* * *

Brander hatte das Warten nicht mehr ausgehalten und war in den Zoo gegangen.

Er besass ein Jahresabonnement und ging oft hin. Mit der Zeit kannte er den Zoo auswendig, und er verlegte sich mehr und mehr auf die Beobachtung der Menschen. Er sah, wie junge Paare, kaum je ein Tier betrachtend, in enger Umarmung durch den Zoo gingen. Er sah, wie Kleinkinder hingebungsvoll Zicklein streichelten, während die Mütter liebevoll die glücklichen Kleinen streichelten. Er sah, wie Eltern mit Kindern schimpften, die lachend immer wieder Schabernack trieben, wohl wissend, dass ihre Eltern vor so viel Publikum nicht bis zum Letzten gehen würden. Er sah Jugendliche mit demonstrativ gelangweilter Miene mit gerade so viel Abstand hinter ihren Familien her trotten, dass jedermann erkennen musste, dass sie grausamerweise zu diesem Vergnügen gezwungen worden waren. Er sah das Leben vor und hinter den Gehegen und hatte keinen Groll darüber gehegt, dass er alleine da sass und mit niemandem sprach, lachte oder haderte. Es war immer so gewesen.

Aber heute war es anders. Als er genug eng umschlungene und Händchen haltende Paare gesehen hatte, verliess er den Zoo. Der Nachmittag hatte kaum begonnen.

Auf dem Weg nach Hause kam er am Feuerwehrmuseum vorbei. Eine Erinnerung stieg in ihm auf, und er trat ein. In der zweiten Etage fand er schliesslich, was ihn schon als Kind gefesselt hatte. In mehreren Vitrinen lagen die Überreste halbverbrannter Gegenstände, die man nach einem Grossbrand geborgen und hier ausgestellt hatte. Die gewaltige Kraft des Feuers hatte Holz verbrannt, Kunststoff geschmolzen und Metall verformt.

»Feuer reinigt«, hatte seine Mutter, als er noch klein war, oft gesagt und ihm vom Fegefeuer erzählt.

Als kleiner Junge träumte er davon, Vulkane zu erforschen, wenn er einmal gross wäre. Ihn begeisterten die wabernden Farben und die unerbittliche Macht des flüssigen Gesteins. »Wir schliessen«, sagte der Aufseher und riss ihn aus seinen Erinnerungen. Brander ging nach Hause und wartete sehnsüchtig auf den Abend.

* * *

Gegen sieben kam Sibel nach Hause. Sie brachte rasch das geschenkte Kleid in ihre Wohnung und ging gleich wieder hinunter. Brander hatte ihre Schritte gehört und öffnete die Tür, bevor sie anklopfen konnte. »Hallo«, sagte er und sah, dass sie braune Augen hatte. »Da bin ich«, sagte sie.

Auf dem Weg zur Bar sprachen sie über Dieses und Jenes. Und wenn Sibel einmal schwieg, erfand er schnell irgendwelche Fragen, nur um den Klang ihrer Stimme weiter hören zu können. Ihre Vertrautheit wuchs mit der Länge des Weges. Bald überkam ihn ein wenig Übermut, und er glich seinen Schritt dem ihren an, links, rechts, links, rechts. Sie stieg darauf ein, lachte über seine übertriebenen Trippelschrittchen und machte nun ihrerseits unter Beibehaltung des Taktes einen Schrittwechsel, so dass sich ihre zuvor im Gleichtakt nach links und rechts neigenden Oberkörper bei jedem zweiten Schritt gegeneinander bewegten und sich dabei um das ein und andere Mal wie zufällig kurz und leicht berührten.

Das erinnerte Sibel an Spielchen, die sie mit ihren zwei Geschwistern gespielt hatte, als sie noch Kinder waren. Sie erzählte ihm eifrig davon, und sie erzählte immer noch weiter, als sie schon längst an einem Tischchen sassen, an einem Drink nippten und ein Sandwich miteinander teilten.

Brander schilderte ihr seine Zoo- und Museumsbesuche, und sie erzählte ihm von ihrem Besuch bei der Schwester. Je mehr sie sich ihm anvertraute, umso häufiger verfiel sie ganz selbstverständlich ins Du, und als sie es einmal bemerkte und sich entschuldigte, sagte er errötend, das sei ihm lieb so, sie könnten gerne dabei bleiben, und sein Puls ging noch höher.

Wie zur Bekräftigung legte er seine Hand auf die ihre. Sie betrachtete die zwei Hände, legte dann ihre andere Hand darauf und bedeutete ihm mit einer Kopfbewegung, seine zweite Hand ganz obenauf zu legen. Dann zog sie ihre Hand zuunterst hervor und schob sie zuoberst auf den Händeturm. Brander verstand, zog jetzt seinerseits seine untere Hand hervor und legte sie obenauf. Sie spielten dieses wunderschöne alte Spiel ganz gegen die Regel immer langsamer und sachter, und es hätte auch jedes andere Spiel sein dürfen, vorausgesetzt, dass man sich dabei berühren musste.

Von da an liessen sie ihre Hände nur noch los, wenn sie sie zum Essen und Trinken brauchten. Sie teilten miteinander Erinnerungen an das, was sie gehabt und das, was sie vermisst hatten. Über seinen gescheiterten Ansatz zu einer Liebesbeziehung aber erzählte Brander nichts.

Längst war es dunkel geworden, und ausser ihnen waren alle Gäste gegangen. Die alte Wirtin begann die Tische zu wischen und die Stühle darauf zu stellen, sah dabei den beiden zu, sah ihre Augen reden, sah ihre Körper sprechen und freute sich für sie. Sie räumte sehr gemächlich rund um sie herum auf, und es war keine Floskel, als sie ihnen endlich doch sagen musste, es tue ihr leid, aber sie müsse schliessen.

Auf dem Rückweg zum Haus schob Sibel nach einer Weile verstohlen ihre Hand in seine. Hand in Hand gingen sie schweigend weiter und sahen sich nur ab und zu von der Seite an. Sibel hatte viele Männer und Walter eine Frau gekannt, und so liessen sie beide, wenngleich aus verschiedenen Gründen, ihr Glück behutsam wachsen.

Im Haus blieben sie unten an der Treppe stehen. Sibel fasste ihn an beiden Händen, schaute ihm ernst ins Gesicht und sagte leise: »Ich danke dir tausend Mal.« Ihr Ernst verunsicherte Brander. »So viel Dank für einen Drink und ein Sandwich?« versuchte er etwas hilflos zu scherzen. »Dafür auch«, entgegnete sie immer noch ernst, und als Brander darauf etwas sagen wollte, stellte sie sich auf die Zehenspitzen, verschloss ihm den Mund mit einem leisen Kuss, liess seine Hände los, drehte sich um und ging die Treppe hoch, ohne sich noch einmal umzuschauen.

Auch sie hatte noch nicht alles von sich erzählt und war nicht sicher, ob sie ihr Glück auch wirklich verdiene.

* * *

Als sie die Tür aufschliessen wollte, bemerkte sie, dass sie zwar ihre Schlüssel verloren, aber wieder einmal eh nicht abgeschlossen hatte. Aufgebracht über sich selber betrat sie die Wohnung, schloss die Tür, rutschte auf herumliegenden Kleidungsstücken aus und fiel gegen einen Schachtelturm. In wachsender Verzweiflung suchte sie sich zwischen

Kartons, Bücherstapeln und halbgefüllten Müllsäcken den Weg zu ihrem Sofa, wischte die darauf liegenden angebrochenen Lebensmittelpackungen und dreckigen Wäschestücke zu Boden, setzte sich und starrte entgeistert auf das Chaos, das sie in so kurzer Zeit angerichtet hatte. Nein, eigentlich hatte sie es nicht angerichtet. Sie hatte es mitgebracht. Sie trug es in sich. Sie schaute ins Leere und dachte an Walter.

Brander stand noch eine Weile unschlüssig im Flur, leckte sich sachte die Lippen und fühlte den Kuss nach. Dann wandte er sich seiner Wohnungstür zu und steckte den Schlüssel ins Schloss. Es erstaunte ihn überhaupt nicht, als er feststellte, dass er die Tür gar nicht abgeschlossen hatte, als sie das Haus verlassen hatten. Er liess die Tür aufschwingen und machte Licht. Er blieb in der Tür stehen und schaute sich um.

Er sah die glatten abweisenden Flächen und dachte an Sibels dichtes Haar. Er nahm den allgegenwärtigen Putzmittelgeruch war und dachte an Sibels Körperduft. Er hörte die Stille und dachte an Sibels Stimme. Er fühlte die Leere und dachte an Sibel.

Montag, 9. Juli

Das ernste Gesicht Sibels verfolgte ihn den ganzen Montag über. Er versuchte sich erfolglos zu erinnern, ob er gestern Abend irgendwann etwas Falsches gesagt oder getan hatte.

Brander verwehrte der Arbeit erfolgreich einen Platz in seiner Erinnerung. Er wusste nachher nur noch, dass ihn irgendwann ein Kollege halb besorgt, halb belustigt gefragt hatte, ob er angefangen habe, eigenartige Sachen zu konsumieren. Brander schützte nach der Tour Kopfweh vor und ging sofort nachhause. Als der Abteilungsleiter ihn rufen liess, öffnete er daheim schon die Haustür.

Sie sass auf der dritten Stufe der Treppe, die Füsse auf der ersten, hatte das hübsche freche Sommerkleid an und die Handtasche neben sich. Sie sah aus, als habe sie lange schon so gewartet. Er ging auf sie zu und blieb unten an der Treppe stehen. Sie erhob sich, und da sie auf der Treppe stand, konnte sie ihm nun gerade in die Augen blicken. Er sah, dass sie glücklich war, und er sah, dass sie geweint hatte. Sie legte ihre Wange an die seine und flüsterte ihm ins Ohr: »Heute lade ich ein.«

* * *

Sie führte ihn in die Innerstadt. An einer Buvette am Fluss teilten sie eine Grillwurst mit Brot und ein Bier. Danach zog Sibel ihren Walter an versteckte Winkel und heimliche Orte in der Stadt, die er entweder noch nie besucht oder von deren Existenz er noch nicht einmal gewusst hatte. Sie hüpfte ihm voraus, sie tanzte um ihn herum, und Mal um Mal liess sie sich wieder von ihm einfangen, küsste und herzte ihn, nur um sich gleich wieder loszureissen und das Spiel von neuem zu beginnen. »Bleib bei mir, verlass mich nicht!« rief er jeweils halb im Spiel, halb im Ernst, und sie entgegnete kokett: »Wenn ich nicht fliehe, kannst du mich nicht einfangen, und das wäre doch schade!«

Endlich blieb auch sie selig erschöpft stehen. Sie umfassten sich und hatten nicht genug Arme und Münder, um einander zu halten und zu liebkosen, und sie küssten sich gegenseitig die Schweisstropfen aus dem Gesicht.

»Tausend Dank!« sagte er zu ihr und wartete gespannt, ob sie sich erinnere. Sie erinnerte sich, lächelte und schüttelte dann den Kopf. »Ich habe dich heute zwar geführt. Aber du erst hast es ermöglicht.«

»Das verstehe ich nicht.«

»Komm, gehen wir«, sagte sie, fröstelte ein wenig und fasste ihn unter. Im Licht der aufgehenden Sommersonne kehrten sie langsam zum Haus zurück.

* * *

Als Brander die Haustür geschlossen hatte und sie im Flur standen, löste sich Sibel aus seiner Umarmung und stellte sich vor ihn.

Sie setzte dreimal vergeblich zum Sprechen an, holte dann tief Luft und sagte, ohne ihn anzuschauen: »Walter, du mein Geschenk, ich weiss nicht, wie ich es sagen soll.« Brander missdeutete ihre Worte und sagte: »Manche glauben, es gebe Liebe auf den ersten Blick und halten das für etwas Besonderes. Sibel, ma belle, ich habe dich schon geliebt, bevor wir uns das erste Mal in die Augen sahen.«

Sie wich einen Schritt zurück und rief heftig: »Du liebst Sibel? Weisst du, was du da tust? Ich zeige dir Sibel.« Sie nahm ihn an der Hand und zog ihn die Treppe hinauf, schnell, ganz schnell, denn sie befürchtete, den Mut wieder zu verlieren, ehe sie oben waren.

Sie stiess die Tür auf, schob ihn hinein und blieb selber an der Schwelle stehen. »So ist Sibel, die dich liebt. Ist das die Sibel, die du liebst?« rief sie ihm verzweifelt hinterher. Brander kam nur ein paar Schritte weit in die Wohnung hinein, denn sie hatte all die Gegenstände vom Flur einfach in die letzten freien Gänge zwischen den anderen Sachen gestopft. Brander stand da, und der Anblick war unfassbar.

Hinter ihm sagte Sibel stockend in die Stille hinein: »Ich wollte ja Ordnung haben, aber eine perfekte.

Ich wollte ja arbeiten, aber fehlerlos. Und nichts wurde je perfekt und fehlerlos. Ich habe meine Miet- und meine Arbeitsverhältnisse ruiniert, ich habe die Menschen, die mich liebten, so oft enttäuscht, bis sie sich abwandten. Ich wollte wieder einmal einen neuen Anfang machen und jetzt ... « Sie brach ab.

Brander schob ein paar Kartons aus dem Weg, nur um dahinter vor weiteren Türmen zu stehen. Auf einem Tisch war eine Ecke frei von Schachteln. Da lagen Dokumente, Formulare, einige Fotos und ein Notizbuch mit einem Bleistift. Daneben stand eine kleine Vase mit frischen Wiesenblumen.

Brander nahm eine Foto in die Hand, die drei Kinder zeigte. Er erkannte Sibel sofort. Das andere Mädchen und der Knabe mussten ihre Geschwister sein. Er strich sachte über Sibels Fotogesicht. Dann legte er das Bild sorgfältig genau an den Platz zurück, von dem er es aufgenommen hatte.

»Das Chaos ist das Gleiche wie die Perfektion. Es ist das Ende, einfach mit entgegengesetztem Vorzeichen«, sagte Brander leise mehr zu sich selbst als zu ihr. Er wollte sich setzen, fand aber keinen Platz, drehte sich um und suchte Sibel.

Sie sass auf der Türschwelle, mit dem Rücken an den Rahmen gelehnt, die aufgestellten Beine mit den Händen dicht an sich gezogen, das Gesicht zwischen den Armen verborgen, und das ganze

Menschenbündel wurde von lautlosem Schluchzen durchgeschüttelt.

Auf dem Weg zu Sibel kickte Brander energisch einige kleine Schachteln an ihr vorbei auf den Flur hinaus. Manche blieben oben auf dem Treppenabsatz liegen, manche kollerten ein paar Stufen oder ganz die Treppe hinunter, einige platzten dabei auf. Zwei grosse Kartons trug er mit den Händen hinaus und warf sie bis vor die Haustür hinunter. Bei der Landung rissen sie auf. Kissen, Decken und Kleider fielen heraus und schmückten den grauen Flurboden mit bunten Tupfern.

Brander atmete durch und staunte über sich selber. Er zog Sibel behutsam von der Türschwelle und setzte sie an die Wand des Flurs. Sie liess es geschehen, ohne ihre Haltung aufzugeben. Er schloss die Wohnungstür und setzte sich vor ihr auf den Boden, ein Bein links, das andere rechts von ihr. Sie zitterte. Er beugte sich vor, küsste ihre eiskalten Finger und hauchte sie an.

Sie hörte zu schluchzen auf.

Er löste sachte ihre Hände und massierte sie.

Ihr Atem beruhigte sich.

Er nahm ihr linkes Bein und legte es über sein rechtes, dann ihr rechtes und legte es über sein linkes.

Sie hielt den Kopf gesenkt.

Als die Verkrampfung aus ihr wich, griff er unter ihr Kinn und hob langsam ihren Kopf.

Sie hielt die Augen geschlossen.

Er wartete geduldig, bis sie sie öffnete. Dann wartete er noch einmal, bis sie die verweinten Augen auf ihn richtete und antwortete endlich auf ihre Frage: »Ja. Du bist die Sibel, die ich liebe. Und ich bin der Walter, der die Sibel liebt.«

Sie senkte den Kopf wieder, machte sich klein, rückte näher, ganz nahe, kroch in ihn hinein. Er richtete sie auf und streichelte ihr Gesicht. Sie legte den Kopf auf seine Schulter und küsste mit fiebrigen Lippen seinen Hals. Er neigte seinen Oberkörper nach hinten und stützte sich mit den Händen ab. Sie setzte sich auf seinen Schoss. Er begehrte sie.

Sie küsste ihn auf den Mund. Dann stand sie auf, streifte ihre Schuhe ab und stieg langsam, mit dem Rücken zur Wand, Stufe um Stufe die Treppe hinunter. Brander stand auf, folgte ihr, lehnte sich ihr gegenüber mit dem Rücken gegen das Geländer, und nun stiegen sie Aug in Aug im Gleichtakt nach unten.

Auf der untersten Stufe blieb sie stehen, entblösste eine Schulter, schenkte ihm einen Augenaufschlag, sprang dann die letzte Stufe hinunter und lief auf seine Wohnungstür zu. Wie ein Blitzlicht fuhr Brander da das Bild des Schlafzimmers mit Jesus und dem Hirsch über dem Bett seiner verstorbenen Eltern durch den Kopf. Er erwischte sie gerade noch am Arm und hielt sie fest. »Halt! Der Walter, der die Sibel liebt, ist nicht dort. Er ist hier!«

»Dann wird er mich wohl fangen müssen, der Walter, der die Sibel liebt!« Sie entwand sich seinem Griff und floh der Form halber ein paar Schritte, so dass er sie der Form halber für kurze Zeit einfangen konnte, bis sie sich von Neuem losriss. Jede weitere Flucht wurde ein Stückchen kürzer, bis sie schliesslich stehen blieb.

Sie lehnte sich mit dem Rücken gegen den untersten Treppenpfosten. Brander kam langsam näher, bis seine Brust ihre Brüste berührte. Ohne ihren Blick von seinem zu lassen, griff sie unter das Kleid und zog ihren Slip aus. Sie legte eine Hand um seinen Nacken, er eine an ihre Taille. Sie nahm mit ihrer anderen Hand seine andere Hand und führte sie. Brander war folgsam und gelehrig.

Sie fügten ihre Kleider dem Kleidermosaik auf dem Boden hinzu und liebten sich im Treppenhaus, im Niemandsland zwischen ihrer chaotischen Ordnung und seinem geordneten Chaos.

Ermattet rollte er dann von ihr weg auf den Rücken und sang sein Glück zur Decke hinauf: »Sibel, si belle, sont des mots qui vont très bien ensemble. Sibel, si belle, these are words that go together well, my Sibel.«

»And he will say the only words he knows that I'll understand!« sang Sibel weiter. »Was singst du da, mein Grosser, mein Kleiner, mein Lieber, mein Retter. Ich weiss auch, wie der Text weiter geht. Komm her!«

Die knappe Handbreit Abstand zwischen ihnen war Sibel schon viel zu lange viel zu gross erschienen. Rasch zog sie Brander wieder an sich, umschlang ihn mit Armen und Beinen, und sie liebten sich noch einmal.

Wohlig erschöpft schlief er zuerst ein. Sie deckte ihn mit ein paar Kleidungsstücken zu, legte sich auf die Seite, stützte den Kopf in die Hand und betrachtete ihn lange, bis sie fröstelte. Sie deckte sich auch zu, legte den Kopf an seinen Arm und schlief augenblicklich ein.

Dienstag, 10. Juli

Brander wachte zuerst auf. Er hüllte sich in eine Decke und setzte sich auf die Treppe. Das Sonnenlicht fiel schräg durch das kleine schmale Fenster in der Haustür und malte lange Schatten auf den Flurboden und auf die schlafende Frau. Es war erst eine Woche her, dass er sie im Bus zum ersten Mal gesehen hatte, und jetzt war sie ein Teil seines Lebens. Brander, der in diesen Dingen keine Erfahrung hatte, hielt das weder für gewöhnlich noch für ungewöhnlich, weder für verdient noch für unverdient. Er nahm sein Geschenk dankbar entgegen und war glücklich.

Eine Weile schaute er zu, wie die Schatten kürzer wurden. Dann begann er sich unwohl zu fühlen und wusste zuerst nicht wieso. Er schaute sich um.

Es war das Haus. Das Haus war ihm fremd. Das Haus, in dem er sein ganzes bisheriges Leben verbracht hatte, war ihm fremd geworden.

Er holte in der Küche Zündhölzer und eine Kerze, zündete eine an, und die freundlich warm flackernde Flamme nahm dem Raum ein wenig von seiner Düsternis. »Feuer ist Licht, Feuer reinigt«, dachte er.

Er stand auf und ging eine Weile unruhig umher. Dann setzte er sich neben Sibel und beugte sich zu ihrem Gesicht hinunter, bis sich ihre Nasen ganz fein berührten. Es kitzelte. Sie erwachte, hielt aber die Augen geschlossen, rümpfte die Nase und lachte in sich hinein. »Sibel, si belle«, sang er leise und strich mit der Nasenspitze über ihre Lippen. Da biss sie ihn unvermittelt sachte in die Nase. Er zuckte zurück, hielt sich die Nase und jammerte theatralisch. Sie öffnete die Augen. »Komm her«, sagte sie mit gespielter Strenge, »für so viel Geschrei darf ich dich noch mindestens fünfmal beissen.«

Das Telefon läutete in Branders Wohnung. Brander ging und nahm den Hörer ab. Sibel hörte von weitem, wie er »Ja Chef«, »Nein Chef«, »Sommergrippe« und »diese Woche sicher nicht mehr« sagte.

Als er zu Sibel zurückkam, brachte er Brot, Butter und Käse mit. »Kaffee ist gleich fertig.«

Sibel sagte, dass es womöglich dem anderen Walter nicht recht sei, dass sie seine Vorräte plünderten und sein Bad und seine Küche benützten. »Er ist fort«, sagte Brander, »und wenn seine Lebensmittel liegen bleiben, verderben sie nur.« Zudem sei er zwar etwas eigenartig gewesen, aber im Grunde seines Herzens kein schlechter Kerl, und er wäre sicher stolz darauf gewesen, Mitmenschen vor dem Hunger bewahren zu können. Sie stiessen auf den anderen Walter an, dankten ihm und wünschten ihm alles Gute.

Am Nachmittag läutete es an der Haustür. Sibel äugte durch das Türfensterchen. »Es ist ein Briefträger«, flüsterte sie und kicherte. Brander schaute auch hinaus. »Den kenne ich. Ein Kollege von der Paketpost«. Der Mann läutete ein zweites Mal, wartete noch einen Moment und stellte dann etwas vor der Tür ab.

Nachdem er gegangen war, öffneten sie kurz und zogen ein grosses, schweres Paket herein. Das Sonnenlicht hatte sie geblendet und sie mussten eine Weile warten, bis sich ihre Augen wieder an das Halbdunkel des Treppenhauses gewöhnt hatten. Brander las den Absender. »Das muss der Holzkohlengrill sein, den ich bestellt hatte«, sagte er.

Den restlichen Nachmittag verbrachten sie damit, den Grill zusammenzuschrauben. Für morgen Abend wollten sie ein gutes Stück Fleisch auftauen und Holzkohle aus dem Keller holen.

Mittwoch, 11. bis Freitag, 13. Juli

Die Tage verloren jegliche Struktur. Sie assen, wenn es sie gelüstete, und schliefen, wenn sie müde waren. Sie hielten sich fest und liebten sich. Beide hatten vergessen, dass es eine Welt ausserhalb des Hauses, ja ausserhalb ihrer selbst gab. Sie waren die Welt, und das genügte.

Brander holte ein Verlängerungskabel und stellte die Musikanlage ins Treppenhaus. Sie tanzten und sangen zu ihren Lieblingsstücken.

Sibel trug sämtliche Pflanzen aus Branders Wohnung und versperrte mit ihnen die Treppe. Brander sah ihr dabei zu, und als sie fertig war, sahen sie sich an und tauschten einen Blick des Einverständnisses. Sibel kannte fast alle Pflanzen. Sie erklärte ihm, wie sie hiessen und dass die meisten aus afrikanischen oder südamerikanischen Gegenden stammten.

Darauf holte Brander zwei Bücher aus dem Regal. Eines war ein Atlas, in dem sie die Herkunftsländer der Pflanzen suchten, und das andere eines über Vulkane. Brander erklärte Sibel begeistert den Aufbau von Vulkanen und wie ein Ausbruch zustande kam und erzählte ihr von seinen Forscherträumen. Sie hörte ihm zu, ohne ihn zu unterbrechen, und schaute die ganze Zeit über ihn und kaum je das Buch an.

Sie ritzten ihre Initialen in den Treppenpfosten und malten Bilder auf die Wände. Brander malte den Vesuv und Sibel fügte Land und Meer und Häuser und Menschen und einen winzigen Walter auf dem Gipfel des Vulkans hinzu.

Freitag, 13. Juli, Abend

Am Freitagabend schreckte Sibel aus unruhigem Schlaf auf und rief angsterfüllt nach Brander. Sie klammerte sich so fest an ihn, dass es ihm weh tat. Sie konnte nicht beschreiben, was sie geträumt hatte, aber es war etwas namenlos Schreckliches gewesen, und jetzt war sie da, die Angst.

»Ich will nicht zurück, ich will nicht!« wimmerte sie. Brander hielt sie fest und streichelte sie. Er schaute zur oberen Wohnung hinauf und wusste, was sie meinte. Und inmitten des aberwitzigen Durcheinanders, mit der wimmernden Sibel im Arm, wurde ihm plötzlich seltsam leicht. Wände und Decke des Hauses schienen zurückzuweichen, Licht flutete herein, und er wurde ganz ruhig.

»Wir gehen beide nicht zurück, wir gehen weg!« sagte er zu Sibel. Er richtete sie auf. Sie zogen sich an und packten einen Rucksack mit dem Allernotwendigsten.

Sibel wandte sich schon zur Haustür. Als Brander ihr nicht folgte, schaute sie zurück.

* * *

Er stand mit der Anzündflüssigkeit vor dem Grill, in dem immer noch ein Rest Holzkohle glimmte, und tat das, was die Anleitung auf der Flasche unter allen Umständen verbot. Er spritzte Flüssigkeit in die Glut.

Flammen loderten auf. Er bespritzte den ganzen Grill und den Boden darum herum und warf die Flasche fort. Die Flammen leckten nach der Flüssigkeit, wanderten am Grill hinunter zum Boden und griffen nach den herumliegenden Kleidern. Brander schaute gebannt zu. »Feuer reinigt«, murmelte er.

Rauch begann den Raum zu füllen. Sibel fasste ihn an der Hand und zog ihn aus dem Haus. Rückwärts gehend folgte er ihr. Sibel schloss die Tür. Erst jetzt drehte er sich um und sah seinen Vorgarten. Unkraut wucherte und unzählige Gänseblümchen wuchsen im hohen Gras. »Ich habe vergessen zu mähen und zu jäten!« Brander lachte laut.

Dann wandte er sich Sibel zu und bot ihr seinen Arm. Sie machte einen Knicks und hakte sich ein. Sie gingen, ohne sich noch einmal umzuschauen.

Freitag, 13. Juli, immer noch Abend

Pedro, Armin und Hansruedi sassen am Stammtisch. Es war zwanzig nach acht. »Das ist nicht normal. Er ruft sonst immer an, wenn er nicht kommen kann«, sagte Armin. »Und ich habe am Dienstag und Mittwoch keine Post erhalten. Erst gestern kam eine Aushilfe«, berichtete Hansruedi. »Ich sage euch, wir werden jemand anderen für unsere Spielrunde suchen müssen«, sagte Pedro, »er war ganz komisch letztes Mal.« »Kommt, wir spielen einen Bieter zu dritt. Wegen dem bisschen Verlieren, das gibt sich schon wieder«, entgegnete Armin leichthin. »Und Hand aufs Herz«, fügte er noch hinzu, »war er denn nicht schon immer etwas eigenartig?«

* * *

Während die Feuerwehr daran war, die letzten Flammennester zu löschen, stand Brander schon am Autobahnzubringer und hielt den Daumen hoch. Zu seinem Erstaunen hielt bereits nach wenigen Minuten jemand an. Die Scheibe der Beifahrertür senkte sich. Die Frau am Steuer beugte sich herüber, musterte ihn wohlwollend und fragte: »Ja, und wohin möchten Sie denn?«

Brander deutete mit ausgestrecktem Zeigefinger übermütig nach vorn: »Einfach vorwärts, irgendwo hin, wo wir noch nicht waren.« »Wir?« »Ja. Komm Sibel!« Sibel trat neben Brander, fasste ihn um die Hüfte und grüsste lachend. Die Frau schmunzelte: »Also wenn das keine aufgeräumte Stimmung ist!«

»Aufgeräumt?« überlegte Brander kurz. Dann nickte er zustimmend: »Ja, so könnte man es nennen. – Dürfen wir mit?«

* * *